46억년의 바다를 지나
그가 온다

사이펀 현대시인선 13

46억년의 바다를 지나 그가 온다

초판인쇄 | 2022년 8월 15일
초판발행 | 2022년 8월 20일

지 은 이 | 손애라
기   획 | 계간 '사이펀'
펴 낸 이 | 배재도
편집주간 | 배재경
펴 낸 곳 | 도서출판 작가마을
등   록 | 제 2002-000012호
주   소 | 부산광역시 중구 대청로 141번길 15-1 대륙빌딩 301호
          T. 051)248-4145, 2598   F. 051)248-0723   E. seepoet@hanmail.net

ISBN 979-11-5606-197-7   03810   정가 10,000원

사이펀 현대시인선 ⓭

46억년의 바다를 지나
그가 온다

손애라 시집

도서출판
작가마을

시인의 말

끝이 안 보이던 길

끝내 둥글어지지 않던 모서리들

이제는 안다

나만의 신화를 쓰고 있었음을,

저녁 산책 때 보는 활엽수 이파리들은 낮의 색을 잃었다. 검은 밤하늘을 배경으로 윤곽은 더욱 또렷하고 달빛 향기가 난다. 달빛에 향기가 있는지 없는지도 모르는 채로 그냥 그런 생각을 하고 있다. 낮의 초록색 대신 달빛에 어린 은색을 입은 넓적한 이파리들, 침엽수의 뾰족한 잎들은 검은 바늘 총총하게 꽂힌 바늘쌈지다.

어떤 일을 햇빛 아래에 비추면 역사가 되고, 달빛에 물들이면 신화가 된다고 한다. 나는 역사 보다 신화를 더 좋아한다. 내가 쓰는 시도 은은한 달빛에 물든 채 수굿하게 제자리에 앉아있기를 원한다. 애매모호하게 얼버무리지 않는, 부드럽지만 자신의 윤곽을 또렷이 간직한 말이 더 좋다.

지난 몇 해 몰두했던 공부는 학문으로서의 심리학이 아닌, 자신의 내면을 들여다보기 위한 방편으로서의 심리학이었다. 동양의 철학을 서양의 심리학과 조화시키고자 했던 스위스의 정신의학자 융, 몸과 마음이 지쳤을 때 접하게 된 만다라, 불교적 정신을 표현한 회화로만 알고 있던 만다라가 임상심리치료와 심리학 등과 연계되어 활용되고 있는 것을 알게 되었다.

 만다라 그리기 열두 단계, 그가 쓰고 그린 레드북, 그의 만년에 구술하고 쓴 자서전, 그와 다른 학자들이 교환한 서신, 그에 대한 연구서 등을 틈나는 대로 공부하고 읽었다. 그의 업적과 학문의 연구는 당연히 전문가가 할 일이다. 전공지식도 없고 연구자도 아닌 나는 그의 글에서 얻은 것을 달빛에 비추고, 시와 만다라 그리기로 풀었다.

 꾸준히 공부를 할 수 있었던 것은 편안한 공부의 공간과 좋은 지도자가 있은 덕분이었다. '융 그리고 나'의 안민자 원장님과 이혜경 지도선생님께 감사드린다. 매주 모여서 같이 공부하고 토론하던 여러 선생님들께도 감사드린다.

 세 번째 시집 '내 안의 만다라'에 올렸던 만다라 연작을 이번 시집의 완결과 통일성을 위해서 일부 개작하여 재수록 하였음을 밝혀 둔다.

2022년 여름, 손애라

· 차례

사
이
펀
현
대
시
인
선
⑬

siphon

· 차례

4부

siphon

사이펀
현대시인선
13

46억년의 바다를
지나 그가 온다

손애라

제1부

거미줄

 방사상으로 퍼져있는 씨줄이 주어진 조건이라면, 씨줄을 연결하는 예쁜 다각형의 날줄은 거미의 창조적 결과물이다 거미는 뾰족한 꽁무니에 힘을 주며 이 줄과 저 줄 사이를 가로지른다 투명한 실이 풀려나와 씨줄과 씨줄을 연결하며 고정될 때 거미의 몸은 바르르 떨린다 과업을 완수하고 난 뒤의 성취감과 잠깐의 휴식 끝, 거미는 다시 바쁘게 움직인다

 시골길에 줄지어 선 포플러 가지와 가지 사이에 걸린 커다란 거미줄에는 푸른 하늘이 담겼다 가고, 흰 구름도 쉬었다 간다 바람이 잠깐 멈춘 사이, 등황색 햇덩이가 거미줄에 걸리었다 거미가 잡은 세상에서 가장 큰 먹이, 거미는 저 햇덩이를 야금야금 먹어치울 것이다

 해가 지고 밤이 되어도 식지 않을 거미의 체온, 태양의 온기로 잉태된 작은 거미들, 뿔뿔이 흩어져 저마다의 작은 거미줄을 친다

숨은 그림 찾기

어릴 적
평상에 누워 올려보던 밤하늘
쏟아지는 은하수 별빛 아래에서 행복했었네
하늘 한번 올려보지 못한 시간들
모두 지나가고
다시 올려다보는 밤하늘의 별빛들 희미해지고
눈물 그렁한 눈으로 들여다보는 내 마음의 심연
어린 시절
그 별빛들 살아 숨 쉬고 있었네
검은 유리 깊은 연못에 뜬 별빛들
다정한 손짓을 따라가 보면
보일 듯 말 듯 어른거리는 그때 그 별자리들
모였다 흩어지는 별무리 속에서 찾는 숨은 그림
떠나가는 이의 쓸쓸한 뒷모습처럼
무덤가 연분홍술패랭이꽃으로 피어났네
노랑나비 한 마리가 이리로 오라 날갯짓하고 있네
모란꽃 벙그는
끊임없이 피고 지는 저 유현함이여
까마득히 잊었던 그리운 풍경들
새록새록 되살아나는 시간

하얀 종이에 찍는 점 하나씩이 모여 별자리가 되고
별자리 뒤에 어른거리는 숨은 그림에서
꿈과 추억을 길어 올리네

매듭, 맺기와 풀기

삶이 바로 매듭 맺기라며
한 매듭 한 매듭 엮은 시간도
모이면 아름다워지는 걸까

화사한 색깔로
가볍게 날아오르는 날갯짓

저 소중함으로
홀로 빛나는 무지갯빛 매듭을
한 코 한 코 더듬어가며 풀기

나비의 은유

하얗게 빛나는 중심으로
모여드는 나비의 군무는 아름답다

집중하는 힘으로 젓는
연약한 날개들에서 번득이는 인광이
작은 햇살 조각처럼 빛난다

다시 태어나고 싶은 나비는
모든 빛의 통합으로
하얗게 빛나는 중심을 향하여 뛰어든다

제 몸을 던져 불사른 나비만이
더 아름다운 날갯짓으로 다시 태어난다

크고 뚱뚱하고 게으르게 꿈틀거리는
줄무늬 진,
저 네모꼴은 나비의 은유이다

나비는 자신이 애벌레였음을 기억한다

기억은
파편화되어 저장된다
알록달록 알사탕이었다가,
운동장의 만국기였다가,
휘황한 밤거리의 네온 빛이었다가,

나부끼는 말씀들,
히말라야 산길의 오색 룽다,
햇빛에 바래고 바람에 닳으며 희미해져간다
귀도 순해지고
눈도 순해지는 때
거센 바람에 마모되어 없어져도
룽다를 매달며 기원하던 말씀들은 없어지지 않고
만인의 기억으로 건재하다

깊숙이 저장되었던 기억들이
색색의 조각으로 헤쳐 모인다
충돌하고 깨지고 닳으며 흩어졌다가
마침내 다시 모이고 정렬하는 기억의 파편들,

자신이 애벌레였음을 기억하는 나비는
영원히 날갯짓을 하고,
원환에 가둔 색색의 기억들은
영원히 아름다울 것이다

생명나무

갈색과 금색과
보라색의 어울림으로 빛나는
청동빛 아름다운 둥치에
가만히 기대보는 안온한 평화의 시간
그의 가슴에 기대어
바라보는 들판은 황금빛으로 출렁이고
가지에 매달려 나부끼는
수많은 잎새들은 누구를 부르시는지
반짝반짝 빛나며 매달린
열매들은 누굴 위한 일용할 양식일지
힘센 뿌리로 대지를 움켜쥐고
하늘을 바라고 뻗어오른다
그의 생명력은 마르지 않는다
물과 불과 바람을 아우르는
대지의 힘으로
하늘과 땅을 오르내리는
영원의 에너지로
뿌리에서 우듬지 끝까지
너른 품을 찾아든 작은 생명들에게
골고루 나누어주는 은혜의 말씀이 있다

20 46억년의 바다를 지나 그가 온다

생명나무는 굳건하다
그는 한 알의 작은 씨앗이 품고 있는
무한한 가능성을 표상하는 존재이다

평화로운 리듬으로

수수한 꽃받침이
화려한 꽃 한 송이를 받쳐 모셨다
가녀린 줄기 끝에서
꽃을 받들고 있는 꽃받침의 평화

그가 두 손을 모아
받치고 있는 꽃은
현상으로 나타난 꽃인 존재,
내재하는 우주의 섭리이다

꽃을 피우고,
꽃이 맺은 씨앗을 품는 자궁인 꽃받침

여성성의 궁극인 존재는
주장하지 않는다
언제나 의연하다
묵묵히 제 할 일을 할 뿐,
제가 낳은 꽃을 받들어 모시고
바람에 할퀴고 찢긴 상처를 어루만질 뿐,

합장 기도하는 손 같았다가
활짝 펴 간구하는 손이다가
다시 오므려 꼭 쥔 주먹이 되는 자궁

그 안에서 대자연은 질서를 찾고
별들은 평화로운 리듬으로 하늘을 운행한다

과녁과 연꽃

1
사대에 선 궁수는
활시위를 당긴 채 먼저 마음을 쏘아보낸다
궁수의 마음과
과녁의 뜻이 일치되었을 때 과녁은
비로소 제 중심으로 화살을 맞아들인다

2
한 톨의 씨앗이었다가
활짝 핀 꽃이었다가

중심으로 모여 응집된 힘만으로
제 모습을 바꾸는
물과 불과 바람을 모으는
대지의 힘은 어디에서 나오는 것일까

3
나의 응시,
내 집중의 힘으로
네 가슴에서 연꽃 한 송이 피우련만

밤에 피는 꽃

은색

달빛 아래

소곤거리며

퍼져나가는 향기

  .

  .

  .

  .

  .

땅속으로 뻗어나간

실뿌리

서로 손잡고 펼치는 농무濃霧

놓아주기와 간직하기

내 곁을 스쳐간
봄 여름 가을 겨울과
내가 본 여명과 노을
그 시간의 무게는 얼마나 될까

다가왔다가 떠난 사람들과
또다시 다가오는 인연들
그 마음의 크기는 얼마만큼일까

가늠할 수 없는 것들,
놓아주고 떠나보낸 줄로만 알았던 것들,
고스란히 내 안에 간직되어 있었다

켜켜이 쌓인 마음의 지층
시간의 더께 안에 점점이 박힌 화석 같은 추억
엷게 바래가는 기억들 속에서
추억의 색깔과 형태는 점점 더 아름다워진다

웃음소리는 오색의 보석이 되고
눈물은 깊이 숙성되어 바로크 진주가 되었다

때때로 꺼내어 어루만져보는 나만의 보석들

아직도 발굴하지 못한 지층들,
열지 못한 비밀의 방들,
희미한 빛살 아래 잠들어 있는 나의 추억들,

인디고 블루

분열하는 지구는 몸부림친다
전쟁과 살상
사람들은 간간이 긴 한숨을 토하며
서로 얼굴을 쳐다본다

지구는 간신히 숨을 쉰다
시들어가는 농작물과
타는 경작지 앞에서
슬프게 져가는 핏빛 노을을 본다

죽어가는 아기를 보는
젊은 엄마의 슬픈 눈망울의 빛

인디고 블루
그 깊은 빛살, 가없는 에너지는
그치지 않고 쏟아진다

슬픈 노을 너머로
퍼져가는 보랏빛 안개는
지구에 부어주는 우주 에너지의 그림자이다

〉

우리를 살아있게 하는
영원한 사랑이다

하양과 검정의 만다라

하얀 종이에 찍은 점 하나는
그 안에 무한한 가능성을 지닌다

직선이거나 곡선이거나 동그라미이거나
별무리를 품은 하늘이 될 수도 있는,
점 하나 앞에 두면 마음 또한 무한대가 된다

전생과 전생의 어느 사이
찰나와 영원이 구별되지 않은 그때
영혼이 부유하며 듣고 본 형상과
이야기들이 자동기술하는 손을 따라
하얀 종이에 옮겨진다

신열에 들떠 움직이는 손길을 따라 생겨나는
곡선, 그 안에 빼곡히 채워지는
발생 단계의 배아 혹은 올챙이 같은 형상
씨앗 속에 숨어있던 여린 새 잎과 나뭇가지
제가 가지인 줄도 모르는 나뭇가지는
자궁 안의 태아처럼 연약하고 둥글게 구부러져 있다
어느 미래의 시간에 그 나뭇가지에 앉아 지저귈,

새는 부리를 벌리고 날개를 접은 채 잠들어 있다

작게 꼬물거리는 형상들 사이사이에
작은 동그라미
어리고 여린 뭇 생명들에 들숨과 날숨을
불어넣어 내 안의 만다라를 완성한다

사이펀
현대시인선
13

46억년의 바다를 지나 그가 온다

손애라

제2부

마트료시카

마트료시카,

앞치마를 두른 나의 마트료시카,

너의 푸른 눈을 들여다보며

욕망 한 꺼풀 벗겨낸다

겸손을 가장한 교만

두터운 외투를 벗겨낸다

타인의 성공에 대한 질투와

그로 인한 분노는 몇 번째의 너일까

작은 성공에의 집착은 또 몇 번 째이며

숨어있던 나태와 무관심과 게으름,

진작에 버린 줄 알았던 허영과 편견

사람 안에 사람 안에 사람 안에 또 사람 안에…

차례차례로 나타나는 동그란 얼굴들

벗기고 또 벗기면

존재의 근원 생명의 정수

작은 알맹이 하나 숨어 있을까

밤의 과수원

1
달빛 어린 언덕은 아름다워라
검은 초록으로 빛나는 풀밭과
드문드문 서 있는 과실나무
그림자에도 열매가 맺혔다
적갈색 대지가 키운 충실
붉고 푸른 열매들이 하얗게 웃을 때
소리 없이 일렁이는 동심원의 파동

2
서리 내려 반짝이는 풀밭에
열매들 떨어질 때
말없는 달빛은 대지를 어루만지고
먼 데서 빛나는 별빛 영롱하게 반짝인다
검은 하늘 아래
한밤의 언덕에 서서 심호흡 한다
대기를 가르며 떨어지는 별똥별
짧게 불타는 꼬리가
공중을 환하게 밝히는 순간
하늘 한쪽 열려,

첫

첫 걸음은 언제나 두려움으로 시작한다
절대 침묵의 황무지,
마음을 들여다보는 일은 두렵다
가보지 않은 미지의 영역도
첫 발자국으로부터 시작하는 탐색이다

어두운 동굴 속 우상의 그림자 아래에서
두려움에 떨던 원시인이
동굴 밖으로 내딛었던 용감한 첫 발자국에서
시작된 인류의 진화와
미지를 향해 내딛는 첫 걸음으로
꽃피운 인류의 문명

그러나
부족하다, 부족하다,
소리 없이 외치며
문명의 시원
인간정신의 근원을 탐색하려는 사람의
두렵고 떨리는 첫,

우물을 찾아서

1.

마음 다스리기에 골몰하여
몸을 돌보지 못하였다
정처를 정하지 못한 마음이
이끄는 대로 눈 먼 염소처럼 따르던 몸이
이제는 착한 몸 노릇을 그만두겠다한다
검은 거울 속 같은 하늘을 우러러
별을 헤던 밤마다
지상에 붙박인 나의 발등 시려웠던가
돌아앉아 딴 세상 꿈꾸던
헐벗은 등은 얼마나 추웠던가
힘겹게 내딛는 발자국마다
소복소복 쌓이는 모래무덤 남기며
여기까지 왔다

하얗게 바랜 뼈 무더기 아래
갇힌 채 신음하고 있다
점점 넓어지는 사막을 건너지도 못하고……

2.

한발자국 내디딜 때마다
부스러지고 흩어지는 모래알
뜨거운 사막을 걷고 또 걸었다

옹달샘으로, 실개천으로, 우물로,
모습을 바꾸어가며
기다리는 나의 오아시스

모래 언덕 너머 또 너머
내가 모를 곳에서 기다리는 나만의 우물

고요한 수면에 나의 모습을 비추어보면
하얗게 바랜 뼈
드러나는 민낯의 얼굴
흔들리며, 깨지며, 지워져가는
어지러이 찍힌 내 발자국

거울아, 거울아,

물어도 대답 없는 내 마음아,
나는 잘 살아왔니?
얼마나 잘 걸어왔니?
흔들리지 않는 심연으로 띄우는,
끝나지 않는 질문

내전

푸른 신호등을 기다리며
건널목에 서 있는 당신은,
지금 전쟁 중이다
이리저리 두리번거리며
달려오는 흉기들의
무지막지한 질주를 가늠하고 있다
아무 것도 없는 사막 아래에서도
생명활동은 이루어진다
꼼짝 않고 서 있는 당신의 마음 속
생각들도 회오리치고 있다
빨간불을 무시하고 건널까말까,
생각보다 발이 먼저 나아가려 할 때,
충동을 의지로 억제하는
당신은 지독한 내전을 치르는 중이다
스스로는 하지 않으면서도
누군가가 나서주기를 바라는
자잘한 배반에 대한 생각들로
당신의 마음은 늘 어지럽다

보고 있다

보고 있다
으슥한 골목길마다
골목과 골목 사이 모서리에서
둥글고 투명하게, 어떤 감정도 없이
움직임을 보고 기록하는 커다란 눈이 있다

덫에 걸린 짐승의
인광이 번득이는 새파란 눈처럼
빤히 보고 있는 어떤 시선
존재의 근원, 심연의 암흑 아래
영원히 잠들지 않는 제 삼의 눈이 있다

누가 보고 있다
멀고 먼 저쪽에서 오는 응시
그 시선이 닿는 곳마다
물의 거죽이 벗겨지고 풍요로운 속살이 드러난다
사계를 따라 다른 꽃이 피었다 지기를 반복하고
밤의 지구, 휘황한 불빛들은
응시하는 눈의 깜빡임을 반영하듯 명멸한다

조심해라

누군가 지구를 보고 있다

네버 엔딩 스토리

내가 너희를 이끌겠노라며 선두에 선 사람,
그는 이끌려가는 사람들이 미는 힘으로
앞으로 나아가는 것이다
앞장서서 깃발을 흔드는 사람,
자신의 힘센 팔뚝으로 흔드는 그 깃발이
뒤따르는 사람들의 소리 없는
아우성으로 흔들리는 것임을 알지 못한다

밝은 보름달 아래 손잡고 돌아가는 강강수월래,
천천히 돌아가는
흰옷 입은 터키 남자들의 원무圓舞,
자신의 꼬리를 잘라먹으며 자라는
우로보로스는
우리네 삶의 은유이다
머리와 꼬리의 구분이 없는 삶

달은 지구를 돌고
지구는 태양을 돌고
시간과 윤회의 수레바퀴가 돌아가고
사람의 일도 그렇게,
끝나지 않는 이야기인 듯 이어져간다

나무보다 나이가 많은 열매

꽃 보러 간다
열매 보러 간다
꽃이 꽃나무의 얼굴이라면,
열매는 꽃이 낳은 아기이자
꽃을 피게 한 꽃의 어미
사람들이 봄꽃의 아름다움에 감탄할 때,
난 언제나 겉씨식물에 끌린다
나무 아래를 서성이며 풀밭을 살피는 것은
변함없는 봄의 연중행사
나무가 아낌없이 떨구어준
생명의 정수
미련 없이 떨어져 풀밭을 뒹구는 저 열매는
수억 년의 세월에도
본성을 잃지 않은 침엽수
작은 열매 속 하나의 홀씨가
하늘을 뚫을 듯 거대한 메타세쿼이아로 자란다

하늘에 닿고 싶은 열망,
사람들은 메타세쿼이아를 닮은
첨탑이 있는 고딕성당을 세웠다

컨택트Contact

1. 평화Peace

평화,
오로지 평화
우린 평화를 원합니다
문제 많은 친구들이여,

조약돌 우주선을 타고 온
문어 외계인이 먹물로 쓰는 메시지

문제를 인정하면
평화가 찾아온다

너의 평화와 나의 평화는
같은 곳을 바라보는 일
나란히 걷는 일

2. 포용Embrace

친구여,

내 가슴은 열려있습니다
내가 쓰는 그림 글씨도 열려있습니다
한쪽을 비워둔 고리
열려있는 원호
열린 가슴은 열린 생각을 부르고
같이 나아가게 합니다
그대의 가슴은 어떠신지요?

3. 대화 Conversation

유리벽을 사이에
두고 흡반과 손바닥을 마주
대었다 불꽃이
튄다 보이지 않는 유리의 밀도를
뚫는 교감과 교감
사이 그림 글자가 광란의 춤을
추고 심장은 마구
뛰었다

태양의 미친 불꽃, 코로나를

닮은 솟구치는 화염들

잦아든다 가쁜 호흡

진정된다 미세하게 변하는 멜라노솜*의

밀도 차츰 떨림을

멈추는 가느다란 손가락과 손가락

사이 차가운 유리도

더워진다 의식과 인식 사이를

흐르는 변온동물과 항온동물의 체온

극복한다, 차갑고 두꺼운 저 유리벽을

* 멜라노솜melanosome : 멜라닌 과립. 문어나 오징어 먹물의 성분.

얼굴 없는 사람

나의 얼굴은 몇 개일까

시간과 장소와 상대에 따라
자유자재로 얼굴을 바꾸는 사람들,
마흔이 넘으면 자신의 얼굴에 책임져야 한다는 말
얼굴의 깊은 주름은 살아온 날들의 흔적이라는 말
누구도 자신의 얼굴을 책임지지 않는다
살아온 세월의 흔적을 흔적도 없이 숨긴다
모두가 변검變臉의 주인공이 되어
뺨[臉]의 색을 수시로 바꾸며 열연 중이다

당신의 얼굴은 몇 개인가

지구를 둘러싼 ∞의 물

나무는 초록빛으로 변한 물
꽃은 꽃물이 든 물
초록빛 나무, 물의 그늘 아래서
하양, 노랑, 분홍 꽃물이 핀다
실뿌리 같은 골짜기를 따라 흐르는 짙푸른 물
대지를 적시고 대양으로 나아간 물이
지구를 초록빛으로 물들이고 뭇 생명을 번성하게 한다
바람이 불고 비가 오고
작물이 자라고 사람이 생겨나는 일, 물이 하는 일
테라 로사,
말라가는 사막 아래 은밀히 흐르는 물길,
사막을 터벅터벅 걷는 낙타는 물의 냄새를 따라 걸어
간다
초록빛 무성한 나뭇잎에 갈색 물이 드는 때,
작고 알찬 열매로 맺혔던 물이
대지로 스며드는 시간에는
온 누리를 에워싸고 무한대로 흐르던 물빛도 순해진다
만상이 잠드는 겨울,
지구를 둘러싼 물은 하양 눈의 모습으로
대지를 포근하게 감싼다

겨울의 물이

하얀 육각형, 눈의 결정으로 빛나고 있다

사이펀
현대시인선
13

46억 년의 바다를 지나 그가 온다

손애라

제3부

클라라

클라라는
별에서 온 여자,
제 고향인 별을 그리워하며
별의 그림을 그린다
지구 곳곳을 탐험하고
사람들을 만나고
손가락으로는 모스Morse 신호를 두드리는,
절망하면서도
존엄을 잃지 않은 클라라

육신을 벗어두고 별로 돌아간 여자
우주의 저쪽 끝에서도
잊지 못한 사랑을 향해
손가락을 두드리고 있는 클라라

블랙홀의 완전한 암흑은 그녀의 눈빛
암흑성운을 넘어오는 펄스pulse는 클라라의 노래
영원히 그치지 않을 클라라의 모스 신호

꿈속의 꿈에서 꽃이 말했다

시시각각 벙글어지는,
찰칵찰칵 연속사진으로 피어나는,
산봉우리를 휘덮은 거대한 꽃
오색의 빛다발이
꽃잎에 닿아 흩뿌리는 섬세한 광휘

 하얀꽃이 말했다
 ―진리는 하나뿐이야, 진실은 나의 하얀 빛 안에서 자
라나고 성숙되어 실상을 보게 해
 분홍꽃이 말했다
 ―나는 선이야, 선량함은 세상의 고통과 악을 감싸 안
아 그 뾰족한 발톱을 무디게 하지
 빨강꽃이 말했다
 ―나는 아름다움이야, 미는 선과 악, 어디에나 숨어있
어서 눈을 크게 뜨고 나를 발견하는 사람에게 기쁨을 선
사하지
 융이 말했다
 ―너의 마음속의 붉은 악마가 진이고, 선이고, 미이니
라 붉은 악마의 말에 귀 기울이고, 그와 함께 춤추며 너
자신을 찾아라

〉

노란 버스가

곧게 뻗은 신작로를 달리고 있었다

승객은 창밖의 꽃을 보는 나와

나를 바라보는 또 하나의 나

무섭게 다가드는 존재의 이중성에 전율하는,

레드북*을 읽다가 잠드는 밤

* 레드북RED BOOK : 융Carl Gustav Jung(1875~1961)은 자신의 사상과 마음
  의 움직임을 38세 때인 1913년부터 16년 동안 직접 쓰고 삽화까지 그려
  가며 기록하였다. 융의 사후(1961년, 85세)에도 미공개로 남아 있다가, 40
  년이 지난 2001년에야 학자들에게 공개되었다. 2009년 미국과 독일에서
  처음 출판. 소개되었다. 한국어 판본은 2012년 부글북스에서 김세영 번역
  으로 나왔다.

내면 풍경

붉은 지옥을 통과하자
하얀 새가 깨어났다
태초부터 내 안에 잠들어 있던 하얀 새

깊은 산 속에서 길을 잃었을 때
당신이 다가왔다
단정한 매무새에 거동이 점잖은,
깊고 부드러운 눈짓으로 길을 알려주고
총총히 떠나던 당신

삶의 길목, 고단한 모퉁이
어푸러진 나에게
다가와서 말없이 지켜주던 당신

오랜 시간이 지나서야
알게 되었다 따뜻한 당신의 모습
숨겨진 나의 반쪽 아니무스*인 것을,

이제 당신은 팔을 들어 가리킨다
푸른 하늘을 자유로이 나는 새

넓고 풍요로운 들판

초록빛 산과 열매 맺은 과실수

먼 산 뒤에 가려진 성채 같은 도시의 모습을

말없는 당신이 말한다

아름다운 세상 모두가 나의 것이라고,

---

* 아니마와 아니무스 : 아니마anima는 남성의 무의식의 한 부분을 구성하고
  있는 여성적 심상. 아니무스Animus는 여성의 무의식의 한 부분을 구성하
  고 있는 남성적 심상

혼자 걷는 사람

저기 한 사람이 가고 있다
고개 기웃이 수그린 채 터벅터벅 걷는
뒤따라가는 그림자가 쓸쓸해 보인다

그의 속에는 외눈박이 괴물 하나가 살고 있다
그가 잠잘 때도 괴물은 잠들지 않는다
그는 모든 일들을 그 외눈박이와 공유하여야 한다
심지어는 사랑까지도,
그의 눈은 주위의 풍경이나 스쳐 지나는 사람을 보지
않는다
청맹과니가 된 두 눈을 크게 뜨고 걷고 있는 그

보라!
더 자세히 보라!
동굴 속 연못처럼 파문 하나 일지 않는 마음속의 심연
을 보라
거울 같은 표면을 뚫고 들어가 깊이 모를 바다를 보라

끊임없이 속삭이는 소리
가끔은 울부짖기도 하는 외눈박이 괴물의 소리에 귀 기

울이며

오늘도 그는 걷고 있다

하늘 향해 열리는 색

담장은 푸른색이다
식물에서 추출한 인디고 염료로 칠한
푸른색은 햇살을 받으며 천천히 증발한다
아지랑이를 타고 오르는 푸른색 염료는
하늘에 색을 보태고
하늘은 맑은 푸른색으로 깊어진다
오아시스,
얕은 물가를 장식하는
초록의 나무와 작은 꽃들
하늘로 올라가
지는 해를 반영하는 붉고 노란 노을이 된다
장엄하게 타오르는 노을은
대지에 그림자를 드리우고
자줏빛을 띠며 점점 더 짙어진다
밤이 깊어지면
무거워진 하늘빛은 만나가 되어
땅으로 쏟아져 내린다
하늘과 땅 사이에 충만한 에너지의 순환
사이에서 사람들은
들숨과 날숨의 삶을 이어간다

땅에 묻힌 사람들
저마다의 생명의 색깔을 대지로 돌려드린다
붉은 적갈색 대지,
만물의 어머니는
나무를 키우고 꽃을 피우신다

옴파로스

사막에도 배꼽이 있다

드넓은 모래사막 한가운데 어디쯤 숨어있는 사막의 배
꼽, 30센티미터에 불과한 구멍으로 뿜어져 나와 불어오
는 바람 흩날리는 모래에 섞이는 광석들 자잘하게 부서
지고 퍼져나가 확산되는, 지구의 중심에서 태어나 사막
의 구성 성분이 되는 오색찬란한 보석들, 그래서 사막의
모래알은 밤낮으로 신비롭게 반짝이고, 사람들은 신기
루의 사막을 그리워한다

지구의 배꼽이라 불리는 울룰루 사막은 경배의 대상이
되고, 나미비아의 붉은 사막의 배꼽에서는 철 성분이 뿜
어져 나와 붉은 모래가 되고, 오랜 옛적 해저였던 하얀
색 소금사막 아래에서는 지금도 소금장수의 맷돌이 돌
아가고, 비슈누의 배꼽에서 피어난 연꽃 한 송이, 그 연
꽃에서 태어난 브라마는 우주의 창조주가 되었다*

화산은 붉게 성난 마그마를 내뿜고, 지하를 흐르는 수
맥에서는 열수가 흘러나와 농경지를 풍요롭게 하고, 사
막의 배꼽은 지구의 암석을 고운 모래로 만드는데, 머릿
속 회색 뇌세포의 깊은 골짝 어디쯤인지 가슴속 붉게 두

근거리는 심장 깊이 어디쯤인지 꼭꼭 숨어라, 머리카락
보일라, 숨어있는 내 영혼의 배꼽에서 분출되는 외마디
말, 거칠고 조악한 돌덩이 하나 갈고 또 갈며 보석이 될
날을 기다린다

* 세계의 질서를 유지하는 신 비슈누와 그의 아내 락슈미가 우주의 뱀 아난
  타 위에서 쉬고 있을 때, 비슈누의 배꼽에서 연꽃 한 송이가 솟아오더니
  활짝 펼쳐진 꽃잎 속에서 창조주인 브라마가 태어났다는 인도신화.

티벳 생각

설산雪山,
그 은빛 봉우리 만나러

오체투지로
느리게 걷는 사람들

내 마음의 티베트는 언제나 티벳이다 티읕으로 끝나는
경음은 느리게 걷는 사람들과는 어울리지 않는다 부드
럽게 입안에 감기는 시옷, 은색으로 빛나는 설산 모양의
시옷, 만년설 아래 흐르는 빙하수 물맛 같은 시옷을 혀
로 굴린다

쏟아지는 양광 아래 땅을 고르는 사람들, 이곳에 쓸모
없는 것은 한 가지도 없다 밭에서 캐낸 돌멩이는 찬바람
을 막는 담장이 되고, 스투파가 된다

기도깃발 나부끼는 스투파에 돌멩이 하나 얹으며 경배
하는,
검은 옷 입은 사람 하나

벽을 넘는 사람

랍비가 이마를 짓찧으며
기도하는 통곡의 벽
이천년간 계속되는 통곡에도 무너지지 않는,

말과 말 사이로 난
좁은 길 견고한 담벼락을 더듬어가며
걷는 맹목의 사람들

두드려도 열리지 않는 너,
내가 넘고 싶은 거대한 벽

나는 묻지 않는다
다만 기다릴 뿐이다

그대를 꽃이라 부른다

그대를 새라고 부르자
관목 가지에 숨어있던 새가 지저귄다
그대를 꽃이라고 부르자
세상의 꽃들, 피어난다
말[言語]이 새처럼 지저귀고
씨앗으로 여물어
꽃이 되어 피는 세상
그 곳에 내가 있다

나는 사물에 이름을 붙이는 사람
그대에게 새 이름을 지어주고 싶다
그대를 꽃이라 부르고 싶다
참되고 선하고 아름다운 이름,
미와 추를 모두 가진 이름,
완전함으로 기억되는 이름,

내가 그대 이름을 부르자
세상이 귀 기울이고
모든 사물이 일제히 돌아본다

알을 깨다

얼굴도 없고
몸도 없이
희미하게 떠도는 바다의 물거품
달빛에 비치는 물의 그림자였던 것들,
물결 따라 떠도는 그것들에게 이름을 붙이자
뭇 생명들이 깨어났다
극적인 탄생의 스토리도 없이
말로만 전해지던 이야기들이 형태를 얻었다
신이 만들고 사람이 이름을 붙인 존재들,
그 투명한 것들이 만드는 생이라는 회오리바람

바다의 물거품에서 태어난
신의 딸,
비너스에게는 배꼽이 없었을 것이다
어느 무명의 화가가
붓을 휘두르자 비로소 육체를 얻었다
배꼽을 그려 넣자 인간성을 얻었다
살며 사랑하고 질투하는 신의 딸 비너스
신마저도 죽이고 살릴 수 있는
신이자 인간인,
사람 그리고 말

씨앗 하나

작은
씨앗 하나 심었네
얇은 껍질 속의 회오리바람,
커다랗고 커다란 세계수가 될 수도 있고
카오스의 혼돈 속에서
속삭이는 무서운 목소리가 될 수도 있는
무한한 가능성을 지닌 작디작은 씨앗

자신을 온전하게 느끼기 위해서
내려놓아야 하는 것
연약하지만 깨어지지 않는
얇지만 그 두께를 가늠할 수 없는
위와 아래를 알 수 없고
오른쪽과 왼쪽의 구분도 없는
작은 세상

하늘에 묻고 땅에 물으며
만물의 소리에 귀 기울이는 밤
알 수 없는 세상을 들여다보는 시간

조그만 씨알 속에 든 커다란 세상

하나 얻었네

안과 밖이 다르지 않은 세상

그 속에 내가 들어 있네

갇힌 사람

자기의 그림자 길이만큼 해자垓字를 판다

스스로 깊어지는
물길은 그 깊이를 모르게 된다

다가오다가 빠져 죽는 사람들,
차곡차곡 쌓이는 시신들 위로
삐죽이 솟은 앙상한 손가락들,
마른 가지 같은 손가락들 위로
솟아오르는 창백한 태양은
더 이상 따뜻하지 않다

스스로 쌓은 성에 갇힌 사람,
어두운 수면을 내려 보며
뜨거운 울음을 삼킨다

눈물 한 방울 떨어지자
심연 깊은 곳에서 뽀글거리며 올라오는 물방울들,
수막에 어리는 희미한 무지갯빛
점점 자라 무지개다리가 된다

그림자 사람

당신을 떠나지 않는다
당신의 뒤를 따르며 묵묵히 지켜보는 사람

정오의 태양 아래
빛나는 사물에 감탄할 때,
발밑에 작게 웅크린 그를 당신은 보지 않는다

낮의 당신을 그늘에서 지키는,
당신의 밤의 모습이다

그는 언제나 생각이 많다
밤의 산책 때는 말이 더 없어진다
가로등 빛에 길게 늘어난 그는 야위고 홀쭉해진다
천천히 걸으며 생각에 잠긴 사람

뒤에서 급하게 걸어오던 사람이
당신을 스쳐갈 때
그림자와 그림자는 서로를 위해 비껴서며
고개를 살짝 기울여 인사한다

남의 그림자를 밟는 것은 예의가 아니다

부서진 사람

어릿광대의 한쪽 눈은 웃고, 다른 한쪽 눈은 울고 있다 하얗게 분칠한 얼굴과 찢어진 입, 줄무늬 옷, 우스꽝스러운 분장 뒤의 어릿광대는 매섭게 빛나는 눈과 날카로운 혀를 가졌다 그는 자신을 보고 웃는 사람들의 위선과 허위의식을 꿰뚫어보는 사람이다

중세의 왕은 귀족과 신하들 외에도 바보와 어릿광대를 가까이 거느렸다 현명한 신하들이 아첨하는 말을 할 때, 바보의 엉뚱한 말과 어릿광대의 촌철살인寸鐵殺人의 언어에 귀 기울이는 왕, 그는 자신의 생명을 바로 사는 사람이다

작은 재주와 가진 것에만 기대어 안일하게 살아가는 사람, 그는 먼 곳과 낮은 곳을 보지 못한다 어릿광대의 참신함과 왕의 지혜를 살지 못하는 자, 전체성의 물결에 휩쓸려 자신이 한 방울의 물방울에 불과함을 자각하지 못하는 우매한 사람이다

생명과 강하게 충돌하는 사람, 상처 때문에 피 흘리는 사람, 보이는 현상 뒤에 무언가가 더 있음을 느끼는 사

람, 남과 다르게 태어났음을 자각하는 사람, 부서진 사람은 자기 상처의 치유과정을 통해서 자신을 바꿔나간다

숨어있기 좋은 방

숨어있기 좋은 방 하나 있었네

무수히 확장하는 작은 방들

세 조각의 유리 편片이 일으키는 기적

고사리 손으로 빙글빙글 돌리며

아라베스크를 알았네, 나선형 은하를 꿈꾸었네

나는 이미 알고 있었네

의식의 무한한 확장과 수축이라는 마술을,

시인

눈으로는 별을 좇으며
가슴에는 꽃을 품는다

단단히 깍지 낀 두 손에서 흘러나와 졸졸졸 흐르는 물
길을 따라 펼쳐지는 연둣빛 풀밭에는 검은 초록의 향나
무 한 그루가 자란다 초록빛 불꽃처럼 타오르며 키를 높
이는 향나무는 시인의 절대시 한 편을 기다린다

비움으로서 채워지는 사람,
온전히 비웠을 때
시 한 편이 찾아온다

하이드 씨를 위한 변명

지킬 박사가 프로이드를 알았더라면, 하이드 씨는 성 도착자가 되었을 것이다

지킬 박사가 융을 알았더라면, 하이드 씨는 지킬 박사 의 지적 면모와 어울리는 내면의 평화와 고요를 추구하 는 완전한 반쪽이 되었을 것이다

지킬 박사의 탐구심과 지적 허영 때문에 하이드 씨는 태어났다

처음에는 어리고 연약하게 태어났으나 점점 자라며 흉 포한 힘을 갖게 되고 악의 화신으로서 나쁜 일을 저지르 게 되었으니, 도덕성 없는 지식과 교양은 위선에 불과한 것이다

하이드 씨의 죽음은 스스로 선택한 결과이다

고상하고 지식 탐구에 열심인 지킬 박사의 나쁜 반쪽 으로서 온갖 악행을 저지른 하이드 씨가 스스로 죽음을 선택하다니,

비열한 방법으로 살거나 도망을 칠 수도 있지만 자살 을 택한 하이드 씨,

악인에게 어울리는 최후는 아니다

하이드 씨,

그대도 완전무결한 악인은 아니었다

완전한 악과 완전한 선을 완벽하게 분리하려던 지킬 박사의 실험은 완전한 실패였다

하이드 씨의 자살로 선과 악은 분리될 수 없는 채로 카오스의 혼돈, 마음의 미로 속에서 지금도 술래잡기를 계속하고 있다

46억 년의 바다를 지나 그가 온다

물 밀어온다, 검푸른 바다를 지나

벼랑을 때리는 저 파도는
카오스의 혼돈 폭발하는 화염으로부터 태어난
46억 살의 나이를 가진 물
태초로부터의 경험과 지혜를 담은 물
대지와 하늘을 순환하는 물
몸과 마음을 관통하여 자연으로 돌아가는 물
개별자이자 전체성인 저 물, 물방울들

물 밀어오는 바다를 떠오는 나룻배 하나,
돛대도 없고 삿대도 없는 배
무의식이 이끌고 의식이 밀어주는 배
뱃사공 없는 저 배를 타고 그가 온다

 미움과 원망의 돌덩이를 안고 힘겹게 언덕길을 오르는
인디언처럼,
 그를 안고 바다가 보이는 언덕을 오른다
 46억 살의 지구 한 조각인,
 단단함과 겸손함으로 말없는 돌덩이

〉
방울방울 떨어지는 눈물로 깎은

작은 돌탑 하나,

46억 년의 바다를 굽어보며 뿌리 내리신다

확산하는 씨앗

하늘 가득 떠도는 씨앗
빙빙 돌며 가볍게 떠다니는 씨앗

잉태하고 키우고 간직했던
씨앗으로 가득한 씨방을 활짝 열어
어서 가라 어서 가라 떠밀어내는
꽃 한 송이의 힘
불꽃놀이의 불꽃처럼 팡팡 터지고
폭발하며 퍼져나가는 씨앗의 비행
가벼운 저 비행의 의미는 결코 가볍지 않다

어미인 꽃의 사랑을 간직한 채
떠나가는 꽃의 딸들
떠도는 저 씨앗들에게는 경계가 없다

초록빛 풀밭이나 절벽 바위
도심의 보도블록 틈새
대지가 마련해주는 한 줌의 흙
어디에라도 안착하여
연약하면서도 강인한 한 송이의 꽃
사랑 많은 어미가 된다

물에 잠긴 산

달빛 비치는 호수에 잠긴 산
완만한 능선의 낮은 산보다
물에 잠긴 산이 더 높다
보여지는 모습보다
보이지 않는 내면이 더 넓고 깊다

잔잔한 수면에 닿아
잔물결을 이루는 달빛,
허공에 홀로 떠
산과 물을 비추는 달은 외롭지 않다

나의 꽃밭

귀 기울여 듣고 이해하기
따뜻한 마음으로 공명共鳴하기
관대함으로,
마침내 자유롭기

내 꿈의 꽃밭에는
몸을 구속하지 않고
눈과 마음을 찌르지 않는 꽃이 핀다

광대한 평원
먼 끝으로 아스라이 솟아난 산맥
초지에는 하얗고 순한 짐승들이 살고 있다
산맥을 넘어 온 거센 바람도
나의 꽃밭에 이르면 잔잔한 미풍이 된다
벌판 가득 핀 꽃을 흔드는 바람의 손길
색색으로 피어나
어렴풋이 흔들리는 꽃

나만의 꽃밭,
보이지 않는 땅속에서 알뿌리가 여물어가고 있다

제4부

초원의 혼魂

여름 내 시끄럽던 숲 속
마침내 고요해졌다

작은 봉분 몇 개 새로 생겨났다

더부룩한 풀 한 더미씩 모여 있는 자리

곧고 푸르게 선 나무그늘 아래
옹기종기 모여 있던 풀들이
잘려나간 나무의 그루터기를 감싸고 있다
나무의 상처를 치료하고 있다

새벽이슬로 상처를 축이고,
연약한 이파리로 그루터기를 덮어
따가운 햇살을 막아준다

흑백사진 속
병사의 잘린 다리에 정성스레
붕대를 감고 있는 백의의 천사가 있다면
숲 속에는 나무를 위해 울어주는 초록의 생명이 있다

미로 읽기

당신은 만다라의 문을 연다

원 안의 사각형과
사각형 안의 원,
미로로 들어선다

이리저리 얽혀 있는
선과 오방색으로 칠해진
면들이 무엇을 의미하는지
모르지만, 알 수도 있을 것 같다

선과 면에 담긴 이야기들은
당신의 이야기이면서
또한 세계의 이야기이기도 하다

아침부터 저녁까지
세계는 새로운 것을 보여주고,
당신은 부지런히 발품을 팔며
새로운 것을 발견한다

한 장의 그림으로 그려진 만다라는
당신의 세계를 선과 면으로 보여주고
당신은 마음의 눈으로 미로를
한 발 한 발 더듬어간다

마침내 도착한 만다라의 중심,
미로의 정중앙에 찍힌 작은 하나의 점,
그것이 바로 당신이다

기억은 나선형의 회오리

누구나의 가슴마다
나무 한 그루씩 자란다
키도 크기도 종류도 제각각인 나무들

지면 아래 넓게 퍼진 나무의
뿌리가 땅 속의 양분을 뽑아 올리듯
우리는 태초로부터의 오랜 기억으로
자기만의 우듬지를 키운다

사방으로 가지를 뻗치고,
부름켜가 두꺼워지는 나의 나무
원추형 나무의 가지마다 매달려
작은 바람에도 흔들리는 오랜 기억들,

둥지를 짓고 싶은
새가 나무 둘레를 날며
가지와 가지 사이를 살피듯 마음은
기억의 옹이들을 더듬는다

별의 탄생까지 거슬러 오르기도 하는 기억,

언젠가 나는 꿈속에서 빅뱅의 현장을 본 적이 있다
소용돌이치며 퍼져나가는
별들의 나선형 궤적을 본 적이 있다

다만 혼자서

삶이란 질문에는
정답이 없다
무슨무슨 방법,
어떤어떤 길,
인생의 지침이 된다는
달기도 하고 쓰기도 한 소리들
귓등을 스치고 지나가는 한줄기 바람

시침과 분침은 언제나
조금씩 다른 쪽을 가리킨다

미세하게 다른 얽히고설킨 길들 앞에서
망설이거나,
무모한 용기를 내거나,
우리는 언제나 헷갈린다

가보지 않은 길을 그리워하는
수많은 프로스트*들
직접 보거나 들은 일에도
확신이 없기는 마찬가지인 사람들

정답 없는 삶을
다만 혼자서 터벅터벅 걸을 뿐이다

* 프로스트 : Frost, Ro-bert Lee(1874~1963). 미국의 시인.

길을 만드는 사람

제곳을 잃은 연어는
엉뚱한 강물로 접어들어
그곳에 적응하고, 산란한다
길을 잃고 헤매던 1%의 연어가
새로운 곳에서 알을 낳아
종족을 보전하고 연어의 역사를 새로 쓴다

사람 중에서도 1%의 사람은
다른 이와 다른
엉뚱한 곳을 바라보고
세상에 없는 일을 마음으로 그린다

길을 잃은 사람이 아닌,
스스로 길을 만드는 사람이
새로운 곳을 발견하고
새로운 것을 만들어낸다

단 1%의 사람만이
미지의 개척자가 되고
스스로 나아가는 사람이 된다

바라보는 곳이 목표가 된다

산이 거기 있기에 올랐노라던
말로리*
에베레스트에 오르기 위해
아흔아홉 개의 봉우리를 오르고 또 올랐다
아버지가 사 주신
망원경으로 밤하늘을 보던 꼬마,
천체 물리학자가 되어
우주선을 쏘아 올린다
마음을 탐구하는 사람,
보이지 않는 심연을 깊이 들여다본다
도도히 흐르는 사상事想의 물결을 더듬어가자
펼쳐지는 아라베스크
소용돌이치며 끝 간 데 없이 확장되는 무늬들,
정답 없는 수수께끼들,

---

* 조지 레이 말로리 : George Leigh Mallory(1866~1924), 영국의 등반가.

외로워마라, 독도야

독도獨島,

너는 시푸른 바다 위에 떠있는 화산섬

망망대해에서 해와 달을 벗 삼아 사는 섬

너의 뿌리는 광활한 유라시아 대륙
북태평양 너른 바다 아래로
이어지는 어머니 지구의 맥놀이는
북반구의 광활한 초원 시베리아와
남반구의 오스트레일리아를 바닷길로 잇는다

어머니이신 지구, 가이아의 은혜는 끝이 없어서
너른 바다 한가운데
나그네 새들의 쉼터를 마련해두셨다
폭풍우 몰아치는 밤마다
흠뻑 젖은 작은 새들 너의 품을 찾아든다

동도와 서도
사이좋은 두 봉우리

가파른 사면에 깃든 작은 생명들
우리는 하나지, 우리는 하나지,
마주 보며 손 흔든다

동심원을 이루며
너로부터 퍼져나가는 파도,
온 세상 미치지 않는 곳 없으니

외로워마라, 독도야

둥지를 떠나는 새

둥지를 떠나는 새는 모른다
제 앞에 얼마나 넓은 세상이 펼쳐질지

가지와 가지 사이에
위태로이 걸려있는 둥지 안에서
죽지에 힘을 키운 새는
어미가 부리로 밀어내는 몸짓에 떠밀려
엉겁결에 둥지를 날아오른다

의도하지 않은 채,
이별의 말 대신에 창공을 택하는 새의 운명
아직은 연약한 날갯짓으로
높이 더 높이 날아오르는 새
스스로를 밀어붙여
자신의 한계까지 도달한 새
비로소 아래를 내려다보고 아찔한 높이에 전율한다

생멸하는 인因과 연緣을 남겨둔 채
떠나기로 결심한 사람
장소에의 얽매임과 관계의 구속,

시간의 흐름을 초월한다

내면에 평화가 찾아오고
명료한 의식으로 보는 새로운 지평
광대하게 펼쳐지는 새 세상이 아름답다

놀라움은 새로운 앎의 시작

폭넓은 교유와
박식을 자랑하는 사람의
말을 들으면 거침이 없다
성공한 인생의 표본,
그의 말을 들으며 놀란다
얕은 물 같은 깊이와
싸구려 광택제의 윤기에,
그가 진작에 갖고 있던 알맹이
진실로 귀한 것들은 지금 어디에?
내가 찾아야 할 것,
모두의 안에 있는 숨어있는 무언가
귀하고 아름답고 가치로운 것
발굴되기를 기다리는 그것

잎새에 이는 바람에도 괴로워하는*
당신을 보며 놀란다
거미줄 같은 섬세함과 말의 깊이가
나를 놀라움으로 울게 한다
부박한 세상을 누리는 대신
한 마디 말을 남기고 사라지기를 선택하는 당신

〉

죽지 않는 당신의,

영원히 사라지지 않는 말

* "놀라움thavmazai이야말로 철학의 시작" : 플라톤Plato
* 윤동주의 시 구절

오래된 우물

폐허의 유적지 같이 닫힌 방
겹겹이 쌓인 지층들 허물어지고
고여 있는 물이 반짝거린다
아홉 겹의 도시 유적이 포개져 있다는,
트로이의 유적지 같은
내 안에 갇혀 있던 오래된 우물
무너져 내린 돌과 먼지 아래에서도
마르지 않은 물
단단해진 지면을 적시네
겹겹이 쌓인 지층 아래
오래 잠자던 물
연둣빛 새싹이 되고
나부끼는 잎새가 되는 맨발의 만다라여

적은 많을수록 좋다*

적은 언제나 내부에 있다
외부의 적이라 생각되는 것,
그냥 존재하는 사람과 사물도
생각해보면 내부에서 비롯된 것이다

적이 되는 것도
친구가 되는 것도
모두 마음의 일
당신의 적이 어느 날인가
당신의 선생이 되어 우뚝 서기도 한다는 불편한 진실

생각 없이 믿고 있던 진실
헛되고 또 헛되다는 자각의 순간
사슬을 끊어버린 당신,
그 결별의 순간은
당신 생애 최고의 티핑 포인트

묵은 가지에서 새 우듬지가 돋아나오듯
당신의 사고는 높고 넓은 곳을 향해 뻗어나간다

* "적은 많을수록 좋다" : 지그문트 프로이트Sigmund Freud(1856∼1939),
　오스트리아의 심리학자, 의사.

사이펀
현대시인선
13

46억 년의 바다를

지나 그가 온다

손애라

저 깊은 속의 궁구窮究

오민석

(문학평론가, 단국대 교수)

저 깊은 속의 궁구窮究

— 손애라 시집『46억 년의 바다를 지나 그가 온다』읽기

오민석
(문학평론가 · 단국대 교수)

I.

손애라의 시는 사물의 외곽에 머물지 않는다. 그녀의 시는 날아가는 창처럼 세계의 깊은 속을 겨눈다. 그것은 무의식의 깊은 바다, 태초부터 반복되고 있는 원형原型, 마르지 않는 세계의 젖줄을 향해 있다. 그녀에겐 세상의 먼지 하나도 무의미한 떠돌이가 아니다. 그녀의 시에서 사소해 보이는 모든 것은 그 자체 거대한 의미의 씨앗들이며, 관계의 방대한 그물로 연결되어 있다. 블레이크W. Blake식으로 말하자면, 그녀는 모래알 하나에서 우주를 본다. 그녀에게 사물들은 개체이면서 동시에 우주를 관통하는 보편적 방정식의 일부이다. 그녀는 사물의 표피를 뚫고 들어가 그 안에서 가동되는 보편−문법을 들여다본다. 그녀에게 그 궤도 밖을 떠도는 사물은 없다. 그녀에게 모든 것은 '우연'이 아니라 '인연'이다. 모든 사물은 필연적 인과 관계 속의 점들이며, 그것들이 모여 세계를 가동하는 선과 면을 이룬다. 그녀는 마치 고고학자처럼 사물 속에 각인된 지층들을 파헤친다.

보고 있다

으슥한 골목길마다

골목과 골목 사이 모서리에서

둥글고 투명하게, 어떤 감정도 없이

움직임을 보고 기록하는 커다란 눈이 있다

덫에 걸린 짐승의

인광이 번득이는 새파란 눈처럼

빤히 보고 있는 어떤 시선

존재의 근원, 심연의 암흑 아래

영원히 잠들지 않는 제 삼의 눈이 있다

누가 보고 있다

멀고 먼 저쪽에서 오는 응시

그 시선이 닿는 곳마다

물의 거죽이 벗겨지고 풍요로운 속살이 드러난다

―「보고 있다」부분

시인은 독자들에게 "누가 보고 있다"라고 말하지만, 정작
그 누구를 보고 있는 것은 시인 자신이다. 시인은 무엇을 보
고 있는가. 무엇에 주목하는가. 그것은 바로 "존재의 근원,
심연의 암흑 아래/ 영원히 잠들지 않는 제 삼의 눈"이다. 여
기에서 "제 삼의 눈"이란 나 혹은 너를 넘어선 보편적 시선
을 의미하는 것으로 읽어도 된다. 시인은 모든 형태의 특수
성을 지배하는 세계의 보편적 원리에 주목한다. 그것은 세

계의 껍데기가 아니라 가장 깊은 곳에 있으므로, 그것을 보려면 개체들의 지층들을 뚫고 밑바닥으로 내려가야 한다. 그것을 포착할 때 무지는 베일을 벗고 세계의 "속살이 드러난다". 손애라 시인은 이런 점에서 갱도의 어둠을 뚫고 세계의 속살을 파내는 언어의 광부 같다.

> 켜켜이 쌓인 마음의 지층
> 시간의 더께 안에 점점이 박힌 화석 같은 추억
> 엷게 바래가는 기억들 속에서
> 추억의 색깔과 형태는 점점 더 아름다워진다
>
> 웃음소리는 오색의 보석이 되고
> 눈물은 깊이 숙성되어 바로크 진주가 되었다
> 때때로 꺼내어 어루만져보는 나만의 보석들
>
> 아직도 발굴하지 못한 지층들,
> 열지 못한 비밀의 방들,
> 희미한 빛살 아래 잠들어 있는 나의 추억들,
>
> ― 「놓아주기와 간직하기」 부분

시인은 기억의 회상을 통해 "마음의 지층"을 탐구한다. 그것은 "보석들"처럼 아름다운 모습을 갖기도 하지만, 시인은 아직 채 발굴하지 못한 지층들이 있고 열어야 할 "비밀의 방들"이 있음을 자각한다. 시인은 마치 정신분석학자처럼 기억의 자유연상을 통해 정신의 깊은 우물 속을 들여다본다.

"추억들"은 해석을 통해 정신의 비밀들을 밝혀줄 자료들이다. 그녀는 표층이 그 아래에 있는 수많은 지층의 표현임을 안다. 사물의 외피를 제대로 알려면 그것의 배후를 궁구해야 한다. 그녀의 시선은 늘 더욱 근원적인 것, 의식 아래의 무의식, 개인 무의식 아래의 집단 무의식을 향해 있다. 그녀는 "켜켜이 쌓인 마음의 지층"을 뚫고 내려가 바닥에 있는 "비밀의 방"문을 두드린다.

그의 속에는 외눈박이 괴물 하나가 살고 있다
그가 잠잘 때도 괴물은 잠들지 않는다
그는 모든 일들을 그 외눈박이와 공유하여야 한다
심지어는 사랑까지도,
그의 눈은 주위의 풍경이나 스쳐 지나는 사람을 보지
않는다
청맹과니가 된 두 눈을 크게 뜨고 걷고 있는 그

보라!
더 자세히 보라!
동굴 속 연못처럼 파문 하나 일지 않는 마음속의 심
연을 보라
거울 같은 표면을 뚫고 들어가 깊이 모를 바닥을 보
라

끊임없이 속삭이는 소리
가끔은 울부짖기도 하는 외눈박이 괴물의 소리에 귀

기울이며

　오늘도 그는 걷고 있다

—「혼자 걷는 사람」 부분

　시인은 "혼자 걷는 사람"을 보면서도 그의 겉이 아니라 "그의 속"을 들여다본다. 모든 바깥은 안의 표현이고, 모든 외연은 내연의 응결이므로, 그녀는 독자들에게 "보라!/ 더 자세히 보라!"고 말한다. 그녀에게 있어서 이 말은 일종의 정언명령이다. 안 보이는 지층을 모른 채 지표地表를 설명할 수 없듯이, 우리는 모두 우리의 깊은 속에 있는 "외눈박이 괴물"을 보아야 한다. 그것이 외눈박이인 이유는 그것의 목표가 오로지 하나, 즉 자아와 초자아의 경계를 허무는 것이기 때문이다. 그것은 "모든 일들"에 개입하고 숙주인 "그가 잠들 때도" "잠들지 않는" 무한 권력의 소유자이다. 그것은 불온한 욕망이므로 자아는 그것을 경계한다. 그것은 윤리와 도덕을 깡그리 무시하므로 초자아는 그것을 억압한다. 그러나 그것은 경계와 억압을 당할지언정 생물학적 죽음에 직면할 때까지 절대 사라지지 않는 에너지이고, 감시와 검열을 뚫고 늘 전복의 기회를 노리므로 "괴물"이다.

　II.

　앞에서 이야기한 "괴물"은 '무의식' 혹은 '본능'의 은유이다. '괴물'이라는 이름에서 드러나듯 그것은 '위험한 짐승'이기도 하지만, 동시에 생명의 힘이기도 한다. 본능은 파괴와 사랑의 양날을 가지고 있다. 이것들은 따로 놀기도 하고 동시에 가동되기도 한다. 그것은 거친 섹스처럼 위험과 창조의 두 가지 면을 동시에 가지고 있다. 그것이 없다면 인간은 이성理性-기계 혹은 관습-기계가 지배하는 메마른 사막의 주체가 될 것이다. 그것은 저항, 전복, 혁명의 위험한 기표이면서 동시에 사랑, 생성, 생식의 유구한 동력이다.

> 붉은 지옥을 통과하자
> 하얀 새가 깨어났다
> 태초부터 내 안에 잠들어 있던 하얀 새
>
> 깊은 산 속에서 길을 잃었을 때
> 당신이 다가왔다
> 단정한 매무새에 거동이 점잖은,
> 깊고 부드러운 눈짓으로 길을 알려주고
> 총총히 떠나던 당신
>
> 삶의 길목, 고단한 모퉁이
> 어푸러진 나에게
> 다가와서 말없이 지켜주던 당신
>
> 오랜 시간이 지나서야
> 알게 되었다 따뜻한 당신의 모습
> 숨겨진 나의 반쪽 아니무스*인 것을,
>
> ─「내면 풍경」 부분

첫째 연에선 붉은색과 흰색의 아름다운 대조가 눈에 띈다. "붉은 지옥"은 아마도 '괴물'/자아/초자아가 싸우는 내면의 풍경일 것이다. 그러나 그것을 통과하면서 화자는 "내 안에 잠들어 있던 하얀 새"를 만난다. 인용된 부분의 마지막 행에서 드러나듯이 그 하얀 새는 "숨겨진 나의 반쪽 아니무스"이다. 프로이트의 정신분석학이 남성 중심적이라는 비판에서 자유롭지 않다면, 융C. Jung의 분석 심리학은 남성 속의 여성아니마 anima과 여성 속의 남성아니무스 animus을 적시摘示하면서 프로이트의 남근 중심주의를 훌쩍 뛰어넘는다. 아니마와 아니무스는 페르소나나 그림자보다 더 깊은 내면에 존재하는 심상들이다. 가부장제 이데올로기는 아니마와 아니무스를 억압하며, 남성과 여성들은 자기 안의 여성성과 남성성을 끄집어내기를 두려워한다. 그것은 마치 못 볼 것을 본 것 같은 공포와 두려움을 불러 일으킨다. 그러나 융이 볼 때 진정한 개별화individuation는 자기 안의 아니마와 아니무스를 발견하고 그것을 적극적으로 포용하는 데서 시작된다. 위 시의 화자는 "붉은 지옥"의 아수라를 뚫고 자기 안의 진정한 타자, 자신의 "반쪽"을 찾아내는데, "하얀 새"로 은유 된 그것은, 그 기표만큼이나 순결하고 순수한 자신의 다른 모습이다.

사막에도 배꼽이 있다
드넓은 모래사막 한가운데 어디쯤 숨어있는 사막의
배꼽, 30센티미터에 불과한 구멍으로 뿜어져 나와 불
어오는 바람 흩날리는 모래에 섞이는 광석들 자잘하

게 부서지고 퍼져나가 확산되는, 지구의 중심에서 태
어나 사막의 구성 성분이 되는 오색찬란한 보석들, 그
래서 사막의 모래알은 밤낮으로 신비롭게 반짝이고,
사람들은 신기루의 사막을 그리워한다

　지구의 배꼽이라 불리는 울룰루 사막은 경배의 대상
이 되고, 나미비아의 붉은 사막의 배꼽에서는 철 성분
이 뿜어져 나와 붉은 모래가 되고, 오랜 옛적 해저였던
하얀색 소금사막 아래에서는 지금도 소금장수의 맷돌
이 돌아가고, 비슈누의 배꼽에서 피어난 연꽃 한 송이,
그 연꽃에서 태어난 브라마는 우주의 창조주가 되었
다

— 「옴파로스」 부분

　이 시집을 찬찬히 읽는 독자라면 어디선가 "배꼽"이라는
말이 기어코 튀어나올 것이라는 예상을 해도 좋을 것이다.
손애라의 시선은 늘 사물의 파사드facade에 있지 않고 그 배
후에 있기 때문이다. 파사드는 뒤를 보지 못하게 한다. 그것
은 일종의 차광막으로 시선을 사물의 표면에 머물게 한다.
그러나 파사드만으로는 세계를 설명할 수 없다. 손애라의
시선은 파사드를 지우는 자리에서 시작된다. 눈에 보이는
모든 것들은 세계의 파사드이다. 그것에 시선이 멈출 때, 우
리는 청맹과니가 된다. 손애라의 시선은 파사드의 이면, 지
표 아래의 지층, 현재 이전의 태초로 늘 초점이 맞추어져 있
다. 그녀는 역설적이게도 파사드와 지표와 현재를 흐리게

함으로써 그 배후를 선명하게 만든다. 위 시에서 "배꼽"이야
말로 생명의 기원, 지구의 자궁, 삶의 원천이 아니고 무엇인
가. 제목인 "옴파로스"는 "배꼽"의 고대 그리스어이다. 두
기표가 같은 것을 지시한다고 할지라도, "배꼽"이라는 현대
어보다 "옴파로스"는 훨씬 더 그 기원에 가까운 느낌을 준
다. 문제는 "사막에도 배꼽이 있다"는 진술이다. "사막"은
통상 죽음 혹은 불모의 공간을 나타내는 기표이다. 시인은
바로 그곳, 죽음의 한복판에서 생명의 기원인 배꼽을 들여
다본다. 마지막 문장은 시인이 각주를 달아놓은대로 인도
신화에서 빌려온 것인데, 이런 접속의 기술은 사막의 배꼽
을 오아시스의 배꼽으로 전환하는 효과를 낸다.

III.

세계의 표피를 지배하는 것은 차이 혹은 다양성이다. 표
피는 차이들의 홍수로 이루어져 있다. 표피는 무수한 다양
성으로 이루어져 있으므로 일종의 미로이다. 주체가 깊이로
내려가지 못하는 것은 다양성의 미로가 그 길을 막기 때문
이다. 미로를 흐리게 하거나 지움으로써 표피에서 깊이로
내려갈수록 차이의 강도와 빈도가 약해진다. 계보 혹은 지
층의 가장 밑바닥으로 내려가면 차이는 사라지고 세계는 하
나의 본질로 환원된다. 그것을 융은 원형原形 archetype이라 부
른다. 그렇다면 세계의 표피는 (소수인) 원형의 다양한 변주
들이다. 손애라는 변주들에 현혹되지 않고 그것들의 밑바닥
에 있는 원형 혹은 원형적 속성에 주목한다.

나무는 초록빛으로 변한 물

꽃은 꽃물이 든 물

초록빛 나무, 물의 그늘 아래서

하양, 노랑, 분홍 꽃물이 핀다

실뿌리 같은 골짜기를 따라 흐르는 짙푸른 물

대지를 적시고 대양으로 나아간 물이

지구를 초록빛으로 물들이고 뭇 생명을 번성하게 한다

바람이 불고 비가 오고

작물이 자라고 사람이 생겨나는 일, 물이 하는 일

테라 로사,

말라가는 사막 아래 은밀히 흐르는 물길,

사막을 터벅터벅 걷는 낙타는 물의 냄새를 따라 걸어

간다

— 「지구를 둘러싼 ∞의 물」 부분

　이 작품에 따르면 세계의 모든 물상은 "물"이라는 원형의
변형물들이다. 나무도, 꽃도 각각 "초록빛으로 변한 물", "꽃
물이 든 물"이다. 물은 세계의 보편적 질료이다. 그것으로
"뭇 생명"이 번성하고 모든 일이 벌어진다. 물의 제로 지점
인 사막에도 그 아래에 "은밀히" 물이 흐른다. 그러므로 세
계는 물水－자체라는 공식이 도출된다.

얼굴도 없고

몸도 없이

희미하게 떠도는 바다의 물거품

달빛에 비치는 물의 그림자였던 것들,
물결 따라 떠도는 그것들에게 이름을 붙이자
뭇 생명들이 깨어났다
극적인 탄생의 스토리도 없이
말로만 전해지던 이야기들이 형태를 얻었다
신이 만들고 사람이 이름을 붙인 존재들,
그 투명한 것들이 만드는 생이라는 회오리바람

바다의 물거품에서 태어난
신의 딸,
비너스에게는 배꼽이 없었을 것이다
어느 무명의 화가가
붓을 휘두르자 비로소 육체를 얻었다
배꼽을 그려 넣자 인간성을 얻었다
살며 사랑하고 질투하는 신의 딸 비너스
신마저도 죽이고 살릴 수 있는
신이자 인간인,
사람 그리고 말

— 「알을 깨다」 전문

    손애라 시인이 지층학적 사유를 거쳐 도달한 지점은 상징계 안에서의 이 모든 궁구가 결국은 언어를 통해서만 이루어질 수 있다는 사실이다. 이름으로 불리기 전까지 모든 사물은 비존재이다. 아담이 그랬던 것처럼 기호가 그것들을 호명할 때 그것들은 비존재에서 존재로 전환된다. "이름을 붙이자/ 뭇 생명들이 깨어났다"는 것이 그 말이다. 심지어 "신의 딸"조차도 "붓"의 호출을 통해서 "육체를 얻었다". 그러므로 손애라의 시들은 저 깊은 곳을 들여다보고 그것에 이름을 붙이는 작업이다. 이름을 부여하지 않을 때, 페르소나/자아, 의식/개인 무의식/집단 무의식, 그림자/아니마/아니무스는 혼돈 상태에 있다. 시인의 호명을 통하여 세계는 표피와 깊이를 가진 다양한 지층의 모습을 드러낸다. 그러나 이름은, 그 모든 기표는 지시 대상과 '자의적' 관계에 있다. 그러므로 모든 이름은 이미 그 자체 은유이다. 이런 점에서 손애라의 시들은 저 깊은 속 혹은 깊은 것들의 궁구이자 은유이다.